STOPP!

**Dies ist die letzte Seite des Buches!
Du willst dir doch nicht den Spaß verderben
und das Ende zuerst lesen, oder?**

Um die Geschichte unverfälscht und originalgetreu
mitverfolgen zu können, musst du es wie die
Japaner machen und von rechts nach links lesen.
Deshalb schnell das Buch umdrehen und loslegen!

Wenn dies das erste Mal sein
sollte, dass du einen Manga
in den Händen hältst, kann dir
die Grafik helfen, dich zurecht
zu finden: Fang einfach oben
rechts an zu lesen und arbeite
dich nach unten links vor.
Viel Spaß dabei wünscht dir
TOKYOPOP®!

Und das erwartet euch im nächsten Band von

Meine Liebe
Eine Träumerei

Erika hat ihren Bruder also noch immer nicht gefunden. Dem aufmerksamen Leser dürfte jedoch eine gewisse Tendenz hin zu einer Person nicht entgangen sein... Aber ob sich diese Person wirklich als der Besitzer des zweiten Bandes entpuppt und ob nicht nur das Geschehen, sondern auch Erikas Gefühle noch eine überraschende Wendung nehmen werden, lest ihr in
MEINE LIEBE Band 3!

Essen, das ich nicht mag: Gorgonzolakäse und Natto (fermentierte Sojabohnen) mit Sesam

Blutgruppe: B
(viele Leute sagen, dass man das auf den ersten Blick nicht sieht, aber ich bin wirklich Gruppe B).

Geburtsdatum:
21. Februar, also ein Fisch.

Was ich gern mag:
Zeichnen, über Gespräche nachdenken, in Buchläden, Schreibwarenläden, Zeichenbedarfsläden, CD-Handlungen und Zeitschriftenläden bummeln.

Das ist also die Person, die »Meine Liebe« gezeichnet hat. Ihr dürft mir gerne eure Eindrücke mitteilen, das würde mich wahnsinnig freuen!

T̄ 101-0063 Tokyoto Chiyodaku Kanda Awajicho 2-2-2
Hakusensha-Redaktion,
Spezialbände **Hana to Yume, Rei Izawa**

Auch wenn es lange dauert – ich werde auf jeden Fall antworten!
Auch die Briefe, die ich bis jetzt erhalten habe, waren mir sehr wichtig!

Danke, dass wir den zweiten Band herausgeben konnten. Das liegt an euch allen, die ihr uns gelesen und unterstützt habt. Wir sehen uns im nächsten Band wieder. Liebe Grüße und bis bald!

Vielen Dank für alles!

Hirobi Taguchi, Tobinatoya, Pochi Takahashi, Haruka Hokasa, Hisashimu, Nana Ginna, Subaru Akatsuki

Danke, dass ihr immer so
sorgfältig gerastert habt.
Nur wegen euch schaff ich es,
jedes Mal durchzuhalten!!

Chef vom Dienst I und alle Mitarbeiter

Ende des Nachworts

NACHWORT

Vielen Dank, dass ihr auch diesen »Meine Liebe«-Band gelesen habt!! Ich bin's, eure Rei Izawa. Mir ist erst jetzt aufgefallen, dass ich mich in Band 1 zwar ordentlich bedankt, aber leider nicht vorgestellt habe (das tut mir wirklich Leid!)... Da ich auch in euren Briefen darum gebeten wurde, mich vorzustellen, hole ich dies nun nach – lieber spät als nie!

■ Selbstvorstellung ■

Name (bzw. Künstlername): Rei Izawa (玲 伊沢)

Während der Veröffentlichung in der Zeitschrift hatte ich eine Zeit lang auch den Namen »Rei Izawa« (玲衣 伊沢), hab das aber dann aus abergläubischen Gründen gelassen. Dieser Name ist natürlich ein reiner Fantasiename. Warum ich den genommen habe, weiß ich auch nicht so genau. Ich kann mich nur daran erinnern, dass ich irgendwann in der Mittelschule dachte »Genau, der ist es!« Ein Grund war wohl, dass mein echter Name immer ziemlich weit hinten in der Namensliste stand und ich endlich mal ganz vorne stehen wollte.

Lieblingsessen: alle Arten von Kartoffeln (Süßkartoffeln, Taro-Kartoffeln usw., natürlich auch Kartoffelkuchen und sämtliche anderen Zubereitungsmethoden). Außerdem mag ich Mangos, Zitronen, Pfirsiche, Spaghetti (mit japanischer Soße), Calpis usw.

Auf der nächsten Seite geht's weiter!

Über die Protagonisten

»Welchen Charakter mögen Sie denn am liebsten« oder »welchen zeichnen Sie denn am liebsten« - das wurde mir so oft geschrieben...

Ehrlich gesagt: Ich zeichne und mag eigentlich alle Charaktere sehr gerne (inklusive der Mädchen!).

Orpheleus:
Bei ihm macht es mir am meisten Spaß zu überlegen, welchen Text ich ihn denn sprechen lassen soll.

Edi:
Da er der Einzige mit offenem Kragen ist, zeichne ich mit größter Freude sein Schlüsselbein.

Naoji:
Während ich zeichne, denke ich immer: »Mach ihn hübscher! Mach ihn hübscher!«

Camus:
Bei ihm denk ich nur: »wie süß...«

Louis:
Bei Louis macht es Spaß, sich auszudenken, wie er am besten in die Story mit Erika passen kann.

Nun, das sind so meine Gefühle für die Charaktere.

Die Mädchen mag ich besonders gerne, und es macht mir immer Spaß, mit diesen Charakteren zu spielen. Na ja, Minna hab ich im Vergleich zum Spiel weitaus übertriebener dargestellt.

Der Diener von Marie

Dieser Chara taucht im Spiel überhaupt nicht auf, im Manga führt er ein verstecktes Dasein. In Kapitel 6 bekommt ihr ihn dann ganz kurz zu Gesicht. Seine Aufgabe ist es, immer und überall zu helfen. Außerdem wollte ich einfach mal einen Diener zeichnen.

■ über die verborgenen Stars ■

Der Torwächter

Irgendwie hat der Torwächter mein Interesse geweckt. Er lässt sich ja leider nur kurz in Kapitel 3 (Band 1) blicken, aber vielleicht sollte ich ihn noch öfter auftreten lassen.

BURGEN AM RHEIN-REISEFÜHRER

In Kapitel 6 geht es um die Sommerferien – daher spielt es auch an berühmten touristischen Orten in Deutschland. Am besten, ihr legt euch einen Reiseführer bereit.

Auf einer Schiffsrundfahrt
Schlagt bei »Rheinschifffahrt« nach und macht eine Schiffsreise von Mainz nach Sankt Goar bzw. Sankt Goarshausen.

Rundreise durch alte Burgen
Zu Pferd und auf dem Wagen, wobei die Burg eine Erfindung von mir ist. Vorbild dafür waren die Burgen Reichenstein und Maus am Rhein*.

Burgen mit Feuerwerk
Vorbild dafür war die Burg Schönburg. Von der Schönburg bzw. Oberwesel braucht man bis Schönburg ca. 30 min. mit dem Schiff nach Sankt Goarshausen. Da gibt es tatsächlich oft ein riesiges Feuerwerk. Vom Restaurant der Schönburg kann man auf den Rhein hinabsehen und hat dabei einen fantastischen Ausblick. Ich kann mir sogar vorstellen, dass man von dort aus das Feuerwerk sehen kann.

Burg Minneburg
Ich habe diese nicht als Vorbild benutzt – ihren Namen hat sie jedoch von der herzzerreißenden Liebesgeschichte eines Burgfräuleins. Auch diese Burg findet sich an der Burgenstraße.

*Weitere Infos über die Burgen am Rhein findet ihr unter www.rheinreise.de

SOMMERFERIEN AM MEER?

Erst wollte ich einen Urlaub am Meer mit der Strahl-Klasse zeichnen. Hier einige Entwürfe (und seid mir nicht böse, weil es lustig gewesen wäre...).

Der Einzige mit Yukata, einem leichten Sommerkimono.

Louis im Bikini! Nur so, eine Idee...

Orpheus sieht spitze aus mit Hawaii-Hemd und Sonnenbrille.

Camus bekam einen ärmellosen Trainingsanzug mit Kapuze verpasst, zudem Arbeitshosen und Schwimmreifen.

Edi im Tank-Top und kurzen Jeans...

... und mit perfekt passendem Schmuck.

Ich wollte einfach mal ausprobieren, wie er damit aussieht.

■ Zur Blume Erika ■

Ich bekam einige Briefe mit der Frage, ob es die Blume Erika denn wirklich gäbe. Natürlich gibt es die! In Kapitel 5 wollte ich irgendeine Blume verwenden. So hab ich in einem Blumenlexikon nachgeguckt und tatsächlich eine Blume namens »Erika« gefunden. Es gibt verschiedene Arten von ihr, am häufigsten findet sich jedoch die hell lilafarbene »Janome-Erika«. Den Blumen werden tatsächlich gewisse, allerdings schwer nachzuvollziehende Eigenschaften nachgesagt: Einzelgängertum, Einsamkeit, Zurückhaltung, Freundlichkeit und Verrat. Die weiße Erika steht beispielsweise für »Glück in der Liebe«. Das hab ich natürlich gleich aufgegriffen.

ÜBER DAS VIDEOSPIEL

Ich bekam Unmengen von Briefen mit der Frage »Haben Sie überhaupt das Spiel gespielt?« zugesandt. **Selbstverständlich** habe ich das Spiel gespielt!! Zu Beginn meiner Zeichnungen allerdings nur die Version für den Game Boy Advance, da die für die Play Station noch nicht erschienen war. Natürlich hab ich nur mit halber Kraft gespielt, schließlich musste ich auch noch zeichnen. Bei mir lief das Spiel ungefähr folgendermaßen ab:

Edi: Weil ich so fertig war, merkte ich überhaupt nicht, dass ich keinerlei Statuspunkte gesammelt hatte. Trotzdem konnte ich mir einen guten Überblick über das Spiel verschaffen.

Louis: Erst mal hat Minna sich mich geschnappt, aber kurz vor Ende des Spiels wurde ich immer besser. Im Grunde genommen war's aber dann doch nur ein zweiter Überblick übers Spiel.

Naoji: Marie hat sich mich geschnappt.

Leider hatte ich keine Zeit, Orpheleus und Camus zu spielen. Ich hab mir aber trotzdem alles genau erklären lassen.

Warum?

Sieh dich mal um!

Weil alle lernen wie verrückt!!

Ich muss mich also in die Arbeit stürzen.

Als Assistentin... ...sind die Chancen, meinen Bruder zu finden, ein wenig gestiegen.

Schließlich besteht noch immer die Möglichkeit, dass sich ein Mitglied der Strahl-Klasse als mein Bruder entpuppt.

Sollte ich dann nicht mehr Assistentin sein, werde ich das wohl nur schwerlich mitbekommen.

Ein  Manga

TOKYOPOP GmbH
Bahrenfelder Chaussee 49, Haus B
22761 Hamburg

TOKYOPOP
1. Auflage, 2006
Deutsche Ausgabe/German Edition
© TOKYOPOP GmbH, Hamburg 2006
Aus dem Japanischen von Stefan Hofmeister

MEINE LIEBE – EIEN NARU TRAUMEREI –
by Rei Izawa
© 2005 by Rei Izawa
© 2004 2005 by KONAMI
© M • H 2004
All rights reserved.
First published in Japan in 2005 by HAKUSENSHA, INC., Tokyo
German language translation rights in Germany, Austria, German
speaking part of Switzerland and Luxembourg arranged with
HAKUSENSHA, INC., Tokyo through Tuttle-Mori Agency Inc.,
Tokyo

Redaktion: Steffi Schnürer
Lettering: Susanne Mewing
Herstellung: Stefanie Lauck
Druck und buchbinderische Verarbeitung:
Clausen & Bosse GmbH, Leck
Printed in Germany

Alle deutschen Rechte vorbehalten. Nachdruck, auch auszugs-
weise, verboten. Kein Teil dieses Werkes darf ohne schriftliche
Genehmigung des Verlages in irgendeiner Form reproduziert
oder unter Verwendung elektronischer Systeme verarbeitet,
vervielfältigt oder verbreitet werden.

ISBN-13: 978-3-86580-512-6
ISBN-10: 3-86580-512-4

www.tokyopop.de

Meine Liebe

Eine Träumerei

Manga
Rei Izawa

Character Design
Kaori Yuki

2

HAMBURG // LONDON // LOS ANGELES // TOKYO

Die Charaktere

Erika hat es sich in den Kopf gesetzt, auf Rosenstolz ihren verschollenen Halbbruder zu finden. Sie ist ein fröhliches, freundliches und manchmal etwas trotteliges Mädchen. Die Strahljungen haben sie alle sofort in ihr Herz geschlossen.

Eduard: Der Schüler der Strahlklasse mit dem Spitznamen Ed ist ein guter Reiter.

Naoji kommt aus Japan und ist Gastschüler in der Strahlklasse. Mit ihm versteht Erika sich besonders gut. Als Naoji ihr seine Liebe gesteht, ist Erika ziemlich ratlos – und ihm noch immer eine Antwort schuldig…

Camus ist ein weiteres Mitglied der Strahlklasse. Als er durch einen Zufall Erikas Band findet, scheint er es nicht zu erkennen. Er ist sehr zerbrechlich und scheint leicht übernatürliche Fähigkeiten zu haben.

Orpheleus wird manchmal von seinen Freunden Orphe gerufen. Der attraktive Schüler der Strahlklasse ist ziemlich undurchsichtig und lässt Erikas Herz ab und zu höher schlagen, als sie eigentlich dachte.

Der Schüler der Strahlklasse *Ludwig* wird von seinen Freunden auch Louis gerufen. Er ist zurückhaltend, sehr fleißig und streng.

Was bisher geschah…

Meine Liebe
Eine Träumerei

Auf der Insel Kuchen befindet sich das Eliteinternat Rosenstolz. Eines Tages lässt sich das Mädchen Erika hier einschulen, da sie hofft, in Rosenstolz ihren verlorenen Halbbruder zu finden. Als Kinder lebten die beiden nur wenige Monate zusammen, bevor Erika adoptiert wurde. Bei ihrer Trennung tauschten sie aber zwei Bänder aus, an denen sie sich wieder erkennen wollten, wenn sie sich in der Zukunft noch einmal begegnen sollten.

Schon bald trifft Erika auf fünf junge Männer, die in der so genannten »Strahlklasse« speziell dazu ausgebildet werden, später wichtige Positionen in Politik und Wirtschaft einzunehmen. Durch einen Zufall wird Erika eine der Assistentinnen, die die begehrten Mitglieder der Strahlklasse bei ihrer Ausbildung unterstützen können. Nun wird es für Erika spannend: Ist einer der Schüler ihr lange gesuchter Bruder? Mit viel Fantasie versucht sie, ihren Bruder zu finden – bislang ohne Erfolg. Und dann gesteht ihr auch noch Naoji, Gastschüler aus Japan und einer der Strahljungen, seine Liebe…